CHLOÉ

# Mon sorcier bien-aimé

Audren

# Mon sorcier bien-aimé

Neuf
*l'école des loisirs*
11, rue de Sèvres, Paris 6e

Du même auteur à *l'école des loisirs*

Collection Neuf

*J'ai eu des ailes*
*Le paradis d'en bas (tomes 1 et 2)*
*Le petit prince noir et les 1 213 moutons*
*Le poisson qui souriait*
*Réservé à ceux*

Collection Médium

*L'autre*
*Les aventures d'Olsen Petersen (tomes 1, 2 et 3)*
*Puisque nous sommes toi*
*La question des Mughdis*


*Loi n° 49.956 du 16 juillet 1949 sur les publications*
*destinées à la jeunesse : septembre 2009*
*Dépôt légal : septembre 2009*
*Imprimé en France par Mame Imprimeurs*
*à Tours*

ISBN 978-2-211-09729-1

*À ma balayette.*
*Un jour, toi aussi tu voleras.*
*Tout est question de sagesse*
*et de patience.*

# 1
## *Les origines d'un original*

Je m'appelle Amazir, j'ai 9 ans, les yeux verts, un petit nez, vingt-trois taches de rousseur. Je vais à l'école de mon village, j'aime les gâteaux et les jeux vidéo. Je suis un garçon comme les autres… mais je suis sorcier. C'est comme ça depuis toujours. Même si personne ne peut le deviner, dans ma famille, nous sommes tous sorciers. Chez nous, ça ne se voit pas. Mon père est libraire et ma mère crée des bijoux. Mes parents n'ont jamais concocté de potion dans un grand chaudron. Nous n'habitons pas non plus dans un vieux donjon mais dans une petite maison, à l'entrée (ou la sortie) d'un bourg breton. Nous n'avons pas de verrue poilue, pas de chapeau tordu, pas de hibou sur nos épaules, pas de toiles d'araignée filandreuses et poussiéreuses dans nos chambres ni de fiole de poison dans notre salon. Seuls nos quatre balais pourraient parfois nous trahir car aucune famille *normale* ne collectionne les balais de la sorte. J'ai reçu le mien dès mon premier Noël. J'étais très précoce. J'ai ainsi volé très vite. Mes parents m'ont photographié à tous les stades de mon apprentissage. À trente centimètres du sol : je portais encore des couches et je voulais absolument garder mon doudou avec moi. Cela me posait de gros problèmes car, à cet âge, mes petites mains ne me permettaient pas de tenir fermement le manche et mon ours à la fois. Quelques mois plus tard, je volais à un mètre du sol et je n'avais pas l'air très rassuré. D'ailleurs, je fermais les yeux. Ma mère avait scotché mon doudou à l'arrière du balai avec un gros sparadrap qui donnait des airs de momie à mon pauvre ours. Elle aurait pu lui jeter un sort pour qu'il tienne accroché mais ma mère aime parfois faire les choses comme si elle n'était pas sorcière. Elle pense qu'une bonne mère est une mère qui prend le temps de scotcher le doudou de son fils à son balai. Un an après mes premiers essais, je me promenais à un mètre cinquante du sol. Sur la photo, j'ai la bouche grande ouverte et l'air furieux. Il paraît que je hurlais pour que Papa m'aide à redescendre car je n'avais appris qu'à monter. Redescendre est toujours une opération délicate pour les novices. Il faut se pencher en arrière et trouver son équilibre en se servant de ses jambes comme d'un balancier. Lorsque j'ai pu toucher le plafond de ma chambre d'une main et revenir sur mon tapis en moins de deux minutes, j'ai obtenu de mes parents l'autorisation de voler à l'air libre ! Ce jour-là, il neigeait. Sur la photo, on ne voit que la bouillie des flocons qui s'étaient écrasés contre l'objectif, mais je garde un souvenir merveilleux de cette première escapade. À l'époque, la sorcellerie me divertissait bien plus qu'aujourd'hui.

## 2
## *Virgile et Blop*

Aujourd'hui, je me sers de mon balai comme on se sert d'un vélo. C'est un objet pratique qui ne m'amuse plus tellement. De plus, il faut que je me rende invisible quand je vole. Mes parents le répètent souvent : *Nous ne devons pas terroriser ni perturber les simples humains.* Lorsque l'homme aperçoit des fées ou des sorciers, il se croit soudain fou et n'ose pas parler de ses visions. De temps à autre, pourtant, un téméraire s'acharne malgré tout à affirmer qu'il a rencontré une créature magique, mais il passe alors pour un illuminé, un être dérangé. Dans tous les cas, l'homme refuse trop souvent de comprendre ou d'expliquer ce qui ne lui ressemble pas. Les sorciers doivent donc respecter la fragilité et le manque de curiosité de leurs voisins.

En théorie, mon balai ne devrait affoler personne. Il est fait de paille et de bois. Il ressemble à n'importe quel balai d'extérieur. On pourrait s'en servir pour dégager les feuilles d'automne qui s'entassent dans notre cour. Mais il déteste ça. Si jamais quelqu'un le confond avec un balai normal et l'utilise à des fins ménagères, il devient mou comme une liane et s'étale en flaque aux pieds de son utilisateur. Mon balai se prénomme Virgile. Il vient à moi dès que je l'appelle, mais, parfois, il feint de ne pas m'entendre et poursuit sa sieste devant la télé. Les balais de mes parents et de mon frère sont également capricieux et agaçants. Celui de mon père émet des gaz d'échappement lorsqu'il décolle parce qu'il a toujours rêvé d'être une voiture. Celui de Maman déteste les chansons italiennes. Si jamais il entend deux notes d'opéra ou quelques égosillements d'un crooner de la Grande Botte, il disparaît pour bouder pendant deux ou trois jours. Comme il est impossible de prévoir les programmations musicales de la radio ou des émissions de télé, Maman a fini par acheter une voiture pour éviter d'être dépendante de son balai. Depuis cet achat, le balai de Papa exprime sa jalousie en redoublant ses pétarades au décollage. Nos quatre balais sont obsédés par les dessins animés. Maman laisse souvent les émissions tourner sur Cartoon Network, juste pour les satisfaire.

L'autre jour, mon ami Basile est venu jouer à la maison. Il a voulu savoir pourquoi on avait oublié quatre balais sur le canapé et pourquoi la télé était allumée alors que personne ne la regardait. J'ai préféré répondre : « J'sais pas ! » Alors Basile a ajouté :

– En plus, c'est bizarre d'avoir quatre balais de la même forme. Il n'y a que le manche qui change de couleur.

J'ai fini par inventer :

– Ce sont les balais de notre cour. Il y en a un pour chaque saison, comme ça, on les abîme moins.

Basile a cogné son index sur sa tempe et soulevé ses deux sourcils roux :

– Vous êtes un peu zinzin, ici. Qu'est-ce qu'ils font dans le salon, alors, s'ils sont faits pour l'extérieur ?

J'ai senti le vent tourner du mauvais côté. Basile était soudain devenu trop curieux. J'ai donc rétorqué, l'air exaspéré :

– Écoute, le ménage, c'est pas mon truc. Tu commences à m'ennuyer avec tes questions de mémère.

Ainsi, les balais ont pu finir tranquillement leur sieste devant les aventures de Bugs Bunny. Pendant un instant, j'ai tout de même eu peur qu'ils ne me jouent un tour pendable. Qu'aurais-je fait si Virgile s'était transformé en flaque devant Basile ? De temps en temps, malgré ma normalité apparente, je cours le risque que mon balai dévoile mes origines mais, de toute façon, celui qui percerait mon secret serait certainement traité de fou s'il le relatait à ceux qui ne croient pas à la magie.

Trop d'hommes ne croient pas à la magie. C'est un tort.

*
* *

Ma baguette magique, elle, par contre, ne me trahit jamais. C'est un vieux morceau de bois taillé, comme une petite branche cassée qu'on aurait ramenée d'une promenade en forêt. Elle n'a pas le caractère farfelu de mon balai. Elle ne me pose aucun problème, bien au contraire, elle les résout presque tous. Je la tends devant moi et elle exécute mes ordres sans broncher. Elle s'appelle Blop. Ce n'est pas très joli mais je n'ai pas choisi son nom. Le prénom de chaque baguette se grave tout seul sur son bois le jour où on la reçoit. C'est ainsi qu'elle se présente à son propriétaire. Celle de mon frère s'appelle Néfertata. J'adore ce nom. Ma mère, elle, n'a jamais été capable de lire à haute voix ce qui s'est gravé sur sa baguette : « Gtyphkplh ». Certaines baguettes, pourtant très intelligentes, sont analphabètes. Ce doit être le cas de Gtyphkplh. Quant à mon père, il vient de passer à un modèle supérieur réservé aux grands sorciers. Ces pièces uniques sculptées dans l'ébène portent uniquement les initiales de leur propriétaire. Les initiales de Papa ne sont cependant pas très adaptées à son statut de personnage important. W.C. ! W.C. pour William Casablanquette !

Casablanquette, c'est donc aussi mon nom de famille. Un nom de sorcier qui amuse beaucoup les enfants de mon école parce qu'ils ne l'ont jamais entendu avant et qu'il prête à quelques jeux de mots idiots. Mais, chez les sorciers, la dynastie des Casablanquette a toujours fait parler d'elle. Mon grand-père était président du Conseil supérieur de la magie, mon oncle dirigeait le Collège des superstitions tandis que mon arrière-grand-père et sa femme avaient écrit le fameux *Grimoire Casablanquette,* référence incontournable en matière de sorcellerie. Malheureusement, je ne peux pas expliquer tout cela à mes amis. Je leur dis simplement que mes ancêtres étaient d'illustres personnes et que Casablanquette est un nom réputé.

– Réputé dans une casserole avec du riz et de la sauce blanche ! m'a dit Julien Pougnet.

On me surnomme aussi la Blanquette. J'ai fini par m'y faire mais, à plusieurs reprises, j'aurais bien volontiers utilisé ma magie pour clouer le bec à tous les imbéciles. Mais, en dehors de la maison, je n'ai le droit d'utiliser mes pouvoirs magiques qu'en cas d'extrême urgence. Et il n'y a aucune urgence à ne plus être traité de blanquette !

## 3
## *Roi du temps, roi du vent…*

En fait, nous pourrions nous passer de ces gadgets pour être sorciers mais mes parents disent qu'ils sont les vestiges de la Grande Époque. Ils nous rappellent nos origines, ils nous rattachent à un clan, à une famille. D'ailleurs, il paraît que chaque peuple possède ses objets fétiches, magiques ou sacrés. Chez les sorciers, l'usage de la baguette et du balai, que nous appelons en général les deux B, se transmet de génération en génération comme le signe visible mais discret d'appartenance à notre peuple. Les deux B nous rassurent et nous assurent que nous existons encore dans une tradition, que nous sommes liés à d'autres par une histoire, des coutumes, des formules magiques. Je dois avouer que je pense parfois à m'en débarrasser. Je rêve de plus en plus d'être un simple humain. Mais j'aurai beau faire disparaître Virgile et Blop, je resterai malgré tout toujours sorcier au fond de moi, comme ma mère et mon père, comme mon jeune frère, le petit Robert, qui s'amuse à connaître plus de mots que sa maîtresse, juste pour l'épater. Il ne peut pas s'en empêcher. Tous les soirs, il répète des listes de noms communs tarabiscotés, de verbes rébarbatifs, d'adjectifs alambiqués. Mais qu'il est facile de briller en société lorsqu'on est sorcier ! On apprend ce que l'on veut juste en clignant des yeux. Et tac ! je fais mes devoirs en donnant un coup de baguette sur mon cartable. Et slic ! je range ma chambre en claquant des doigts, et pffffft, je vais à l'école d'un coup de balai ! Et si j'ai envie d'une nouvelle console de jeux, je deviens immédiatement mon propre Père

Noël. Je m'offre ce qui me fait plaisir. Parfois, cependant, je me trompe de formule et je me trouve ridicule. Le mois dernier, j'ai voulu faire apparaître un chevalet pour me mettre à la peinture. Mais j'ai confondu les mots latins et j'ai vu débarquer un poulain. Comme il ne se sentait pas à sa place sur ma descente de lit, il s'est mis à hennir et à ruer aux quatre coins de ma chambre ! J'ai bien cru qu'il allait tout casser et passer à travers le plancher. Alors j'ai tendu ma baguette et j'ai hurlé :

– *Roi du temps, roi du vent,*
*En arrière, en arrière,*
*Soufflez sur ce qui vient de se faire.*
*À l'envers, à l'envers,*
*Annulez cet accident !*

Et, ouf! tout est rentré dans l'ordre ! Tout rentre toujours dans cet ordre qui m'exaspère. Même quand les choses se compliquent, elles ne sont pas compliquées. Tout est si facile ! Ça devient sérieusement barbant, je m'ennuie bien trop souvent !

## 4
## *Entre la Blanquette et le Coq au vin*

– Si tu ne sais plus quoi faire, tu n'as qu'à apprendre plein de mots, me suggère Robert. Pour ça, il suffit de réciter la bonne formule en posant une partie de ton corps sur le dictionnaire.

– Alors si je pose mon doigt…

– Tu en apprendras trois, si tu poses ta cuisse, tu en sauras six, mais, pour en savoir mille, tu dois poser tes cils sur le haut de la page treize, un soir de pleine lune, et manger deux prunes recouvertes de terre glaise…

– Mon pauvre! Il faut vraiment n'avoir

rien d'autre à faire pour passer son temps à des trucs aussi tarabiscotés ! À quoi ça te sert de t'acharner à emmagasiner des mots difficiles puisque personne ne te comprend quand tu les utilises ?

– C'est toujours très agréable de se sentir plus fort que sa maîtresse, ricane mon frère.

Ma mère pense que les enfants de sorciers ont intérêt à suivre des cours normaux dans des écoles normales pour bien grandir. Elle s'en fiche que nous fassions nos devoirs à coups de baguette magique et que mon frère avale des prunes terreuses pour paraître brillant. Mais elle tient beaucoup à ce que nous nous mélangions aux autres enfants.

Moi, je voudrais surtout me mélanger à Leslie. Dans ma classe, je ne vois qu'elle. En plus, elle porte comme moi un nom peu commun dont tout le monde se moque : Cocovino. Ce qui lui vaut le surnom de Leslie Coq au vin. Les enfants de ma classe ne semblent pratiquer que des blagues culinaires. Basile s'écrie chaque matin :

– Salut la Blanquette ! Salut le Coq au vin !

D'une certaine façon, il œuvre pour que Leslie se rapproche de moi. Deux plats cuisinés ne peuvent que s'entendre. Nous sommes certainement faits l'un pour l'autre. J'aime énormément l'école depuis que j'ai remarqué Leslie Cocovino parce que, chaque matin, j'espère. J'espère que nous allons enfin échanger quelques mots. J'espère qu'elle me prêtera un stylo ou que je ramasserai son bonnet. Je connais bien un sortilège qui rend les filles amoureuses mais ce serait lamentable de forcer Leslie à m'aimer. Je suis pour l'amour véritable, le coup de foudre réciproque. Alors j'attends. J'attends que Leslie fasse un pas dans ma direction. Et, tous les jours à 8 h 30, j'attends surtout avec impatience que Basile s'écrie : « Salut, la Blanquette ! Salut le Coq au vin ! » Je m'autorise à cet instant à tourner les yeux vers elle. En général elle fait un petit sourire qui marque notre complicité mais tout s'arrête toujours au même moment. Après le sourire. J'ai l'impression que l'on rejoue la même scène et que les dialogues qui devraient suivre n'ont pas encore été écrits. Pourtant, je passe mes journées à imaginer ce que nous pourrions nous dire, après le sourire. J'invente des scénarios romantiques, de surprenantes répliques. J'essaie d'être comique. Ainsi, le matin où elle se décidera à me parler, j'y serai tout préparé. Parfois, je rêve si fort que la maîtresse se fâche.

– Mais enfin, Amazir ! Reviens parmi nous ! Tu as l'air tellement ailleurs qu'il n'y a plus personne à ta place ! À quoi pensais-tu ?

Je bafouille :

– Je pensais à… à… à… l'espoir.

– C'est très joli, tout ça, mais nous sommes en plein cours de géométrie ! Tu devrais te concentrer un peu, sinon, tu finiras par redoubler.

Je m'en fiche. Elle peut me menacer si ça l'amuse. J'ai plus d'un tour dans mon cartable. Comme Robert, je peux être fort sans effort. Si je veux être le premier en géométrie, je n'ai qu'à tendre Blop en direction de mon manuel afin de retenir sur-le-champ toutes mes leçons. Pour avoir la paix, je promets donc à la maîtresse que je ne la décevrai pas au prochain contrôle. Je lui dis :

– Ne vous inquiétez pas, j'aurai 20 et même plus !

Et je retourne à mes rêves d'amoureux.

## 5
## *La vraie vie*

– À l'école publique, on apprend la vraie vie, m'explique Maman.

– Tu veux dire le vrai amour ? dis-je, l'air de rien, tandis que mes pensées débordent encore de Leslie.

– Non, non, je veux juste dire la *vraie vie*. L'amour s'apprend ailleurs, il me semble.

Je me demande un instant si notre vie à nous est fausse. Peut-être que je n'existe pas réellement quand je suis chez moi ? Peut-être que la vérité n'existe qu'à l'école ? Ma mère sourit. Elle paraît fière et certaine de ce qu'elle vient d'avancer. Elle a l'air de connaître la vraie vie, de l'avoir pratiquée et traversée il y a très longtemps. Je sens que des frissons de souvenirs lui parcourent la colonne vertébrale, comme lorsqu'elle me parle de son mariage ou de la guerre des sorciers en 1972. Je la regarde en fronçant le nez et je ne parviens pas à savoir si la vraie vie est une chose positive. Elle veut que je l'apprenne à l'école, mais c'est peut-être parce qu'elle a peur de m'en parler elle-même. Il y a des missions difficiles dans l'éducation que les parents préfèrent confier à d'autres. J'ai remarqué ça le jour où Robert a demandé à Papa comment on faisait les bébés. Papa a répondu :

– Demande à Maman, elle saura mieux t'expliquer !

Et Maman a dit :

– Oh, mon chéri, ce n'est pas le moment ! Je suis en train de terminer une commande de boucles d'oreilles pour un magasin ! Je t'expliquerai ça demain, ou bien demande à Papa, si tu veux.

Maman parle souvent de la vraie vie comme s'il s'agissait d'un obstacle auquel tout le monde doit se heurter pour bien grandir. Je m'interroge. Je l'interroge aussi, mais je ne dois pas poser les bonnes questions car elle ne m'apporte jamais de réponse claire et satisfaisante. La *vraie vie,* répète-t-elle comme si elle parlait d'un dieu ou d'un truc incompréhensible et intouchable. Parfois, je ne comprends pas ma mère et, dans ces moments-là, mes pouvoirs magiques ne me sont d'aucune aide.

– Quand on ne comprend pas sa mère, on ne comprend pas sa mère ! Il n'y a rien d'autre à faire ! L'essentiel, c'est de se comprendre soi-même, m'explique Robert.

Mon frère pense beaucoup trop pour son âge. On dirait qu'il est né vieux et sage. Il paraît que certains sorciers ont déjà cent ans dans leur tête lorsqu'ils viennent au monde. Robert doit faire partie de ces énergumènes. Moi, je suis, semble-t-il, plus banal. Tout en moi a 9 ans : mes jambes, mes yeux, mes fesses, mon cerveau, mon nombril et mes dents. Sauf celles qui viennent de pousser, évidemment.

# *6*
# *BRRRRRRR... PLOUT BBBBBBRRR*

Ce matin, je trouve qu'il fait froid et que le monde est moche. Je n'aurais pas dû regarder les informations hier soir : du sang, des morts, des guerres et des tremblements de terre, des gens qui pleurent et qui réclament de l'aide en tendant les bras. Je déteste ce genre d'image-là. On se croirait dans un film alors que tout est vrai. Le sang n'est pas du ketchup, les bombes explosent réellement et les morts ne se relèveront pas après l'émission. Est-ce ça, la vraie vie dont m'a parlé Maman ?

Devant la télé, j'ai demandé pourquoi nos baguettes et nos sortilèges ne pouvaient pas mettre fin à ces horreurs. Pourquoi tous les gentils sorciers ne transformaient pas la terre en paradis.

D'habitude, c'est toujours Maman qui répond mais elle était sous la douche, alors Papa m'a expliqué :

– Chacun fait ce qu'il peut. Tu sais, nos pouvoirs sont limités à ce qui nous entoure.

La réponse de Papa m'a confirmé ce que je soupçonne depuis longtemps : être sorcier ne me sert à rien. D'une part, la magie m'ennuie de plus en plus, d'autre part, je ne pourrai jamais sauver le monde avec mes pouvoirs riquiqui.

Depuis cette conversation, j'ai l'impression que la sorcellerie est une maladie familiale encombrante, alors je boude. Je ne pense qu'à me débarrasser de ce mauvais héritage. Pour savoir s'il est possible de renoncer à la sorcellerie, je me renseigne sur un site spécialisé et je compulse en cachette le *Grimoire Casablanquette*. En général, mes parents ne m'autorisent pas à le toucher parce qu'il s'agit d'une pièce unique et extrêmement ancienne. Il faut porter des gants blancs pour tourner ses pages et ne pas l'exposer trop longtemps à la lumière. Il est rangé dans un petit coffre en bois rouge sous le lit de mes parents.

Pour l'atteindre sans me faire remarquer, j'attends le jeudi après l'école. Maman est à son cours de danse balinaise et Papa n'est pas rentré de la librairie. C'est madame Ouatelse qui nous garde. Elle est très vieille et elle passe son temps à se faire des cafés avec notre machine à expresso. C'est une manie. Depuis que nous avons acheté cet appareil, elle ne peut pas s'empêcher de tester toutes les sortes de mélanges proposés. Devant les dosettes multicolores, elle est comme une petite fille gourmande dans un magasin de bonbons. Et elle s'émerveille en buvant :

– C'est quand même bien, ces techniques

modernes. Faudra que j'essaie le cappuccino, un de ces jours.

Je sais qu'elle se fiche de savoir ce que je fais. Tant que je ne pleure pas, tant que je ne l'appelle pas, tant que tout est calme et qu'elle peut rester dans la cuisine à essayer le Costa Rica, le Venezia, le Décaf bio et le Creamy, tout va bien.

Je prends mon goûter à côté d'elle. Comme elle est un peu sourde, elle n'entend pas ce que je lui raconte car le bruit du mini-percolateur couvre nos voix. Elle me pose des questions et je m'amuse à répondre n'importe quoi.

– Alors, qu'as-tu fait à l'école ?

Elle met la machine en route : BRRRRR… PLOUT BBBBBBRRR.

– J'ai bu de l'encre.

BRRRRRRR… PLOUT PLOUT BBBBBBRRR.

– Très bien, très bien ! Et toi, le petit Robert, as-tu encore épaté ta maîtresse ?

Robert aussi aime se moquer gentiment de madame Ouatelse, mais il finit par lui proposer de faire une partie de bataille navale. Je lui ai demandé de l'occuper pendant que je vais consulter le *Grimoire Casablanquette.* Je les laisse tous les deux dans la cuisine, les cafés qui passent font le même bruit que des sous-marins.

– B3 ? demande Robert ?

– Coulé ! s'écrie madame Ouatelse. Pour la peine, je vais goûter le petit corsé de la capsule noire.

BRRRRRRR... PLOUT PLOUT BBBBBBRRR...

## 7
## *Par le bazar du grand hasard*

Je monte vite dans la chambre de mes parents. Je glisse le bras droit sous le lit. J'ouvre le coffre rouge. Je respire très vite. Je crains un peu que mes parents ne reviennent par surprise ou que madame Ouatelse commence à s'énerver plus tôt que d'habitude. En général, elle est assez calme pendant la première heure, mais la caféine fait vite son effet et elle se met alors à courir partout. On dirait qu'on la passe à l'accéléré. Elle range nos cartables et puis elle monte et descend l'escalier des dizaines de fois en cherchant ses lunettes qu'elle a en général sur la tête, enfin elle balaie le pas de la porte avec entrain. J'ai toujours peur qu'elle utilise Virgile ou le pétaradeur.

Les gants blancs sont pliés à côté du grimoire. Je les enfile. J'imite mon père pour ne pas faire de bêtise. Je prends le même air solennel et je souffle sur le bout de mes doigts sans trop comprendre pourquoi. Si mon père le fait, ce doit être pour une raison valable. J'aime l'odeur particulière de ce vieux livre, sa couverture en cuir et les belles lettres dorées qui décorent le début de chaque chapitre. Tous les secrets des sorciers sont classés ici par ordre alphabétique. Je ne sais pas trop où chercher. Ce n'est pas aussi simple que Google. Je tourne précautionneusement toutes les pages. Je n'entends plus la machine à café. Je redoute de plus en plus d'être découvert.

Madame Ouatelse commence ses allées et venues caféinées au rez-de-chaussée. Je sais qu'il me reste quelques minutes avant qu'elle monte nos cartables dans nos chambres. Mes mains transpirent dans les gants, j'ai chaud, je ne me sens pas très bien, j'ai la tête qui tourne. Je sursaute lorsque j'entends la porte d'entrée. Mon cœur vient percuter mes côtes à chaque battement. Robert, qui est un gentil frère, s'écrie du bas de l'escalier :

– C'est rien, c'est madame Ouatelse qui est sortie pour balayer le perron. Je monterai te prévenir si je sens que ça se gâte.

À cet instant, à la lettre R, je découvre le chapitre « RENONCER À SES POUVOIRS ».

Je recopie tout ce qui est écrit sur le petit carnet que j'ai prévu à cet usage. Je retire les gants, soulagé, mon cœur s'apaise, mais Robert arrive en courant :

– V'là Maman ! V'là Maman ! Elle vient de garer la voiture.

Alors, pris de panique, je remets tout en place sans même prendre le temps de plier convenablement les gants et je pousse le coffre sous le lit. Je redescends l'air de rien. Je siffle.

Robert siffle. Je lève le pouce pour qu'il comprenne que notre plan a bien fonctionné.

Maman tend un billet de 20 euros à notre baby-sitter puis elle lui propose, en nous faisant un gros clin d'œil :

– On se boit un petit cappuccino décaféiné avant que vous ne repartiez ?

J'aime beaucoup Maman. Je la trouve drôle et si gentille. Je regrette soudain d'avoir été fouiller dans le *Grimoire Casablanquette* sans sa permission. De plus, j'hésite à lui avouer que je ne veux plus être sorcier. C'est comme si je renonçais à une partie de moi. Comme si je critiquais ce que mes parents m'ont offert à la naissance. Ce soir, je n'ose plus parler. Elle s'étonne.

– Oh ! Toi, tu n'es pas dans ton assiette ! Allez, allez, pas de sornettes, dis-moi donc ce qui t'inquiète !

Je baisse les yeux, un peu honteux :

– Je ne veux plus être sorcier.

– Aaaaah, NON ! Triple pustule de crapaud crépu ! À ce caprice d'enfant gâté je vais tout de suite remédier !

(Quand ma mère se fâche, son vocabulaire de sorcière remonte à la surface.)

Maman se précipite sur sa baguette et récite un sortilège. Je ne lui laisse pas le temps de finir. Sans réfléchir, je sors mon petit carnet et déclame la formule magique du *Grimoire Casablanquette* :

– *Brume des glaciers bleus,*
*Rosée des champs d'orties,*
*Par le bazar du grand hasard,*
*Faites qu'à tous mes pouvoirs*
*Je dise enfin au revoir !*

– Noooooon ! hurle Maman.

Mais il est trop tard ! Je ne suis plus sorcier.

## 8
## *La fausse vie*

Le soir, mon père apprend la nouvelle et se fâche :

– Quand je pense que ce sont nos propres ancêtres qui t'ont malgré eux donné la formule ! S'ils avaient su qu'un jour leur arrière-petit-fils allait se servir ainsi de leur grimoire ! Tu ne mérites vraiment pas de porter le nom de Casablanquette !

– Tu y vas un peu fort, tempère Maman. Amazir a fait une grosse bêtise mais tous les enfants font des bêtises.

– Les adultes aussi ! Madame Ouatelse est caféolique ! commente Robert.

Mais personne ne lui répond.

– Je suis juste déçu, avoue Papa. Pourquoi as-tu renoncé à tes pouvoirs, Amazir ?

– Parce qu'ils ne me servent à rien d'intéressant. En plus, tout est trop facile et je m'ennuie.

– On peut trouver des points négatifs à tout. As-tu pesé le pour et le contre avant de te décider ?

– Je n'ai pas trouvé de *pour*. C'était vite fait.

– Mais enfin, Amazir, la magie est un plus dans la vie ! Comment oses-tu te plaindre de la facilité des choses alors que les simples humains passent leur vie à râler contre les transports en commun, le poids des cartables, l'excès de devoirs, le ménage, la vaisselle, le pouvoir d'achat…

– C'est quoi, le pouvoir d'achat ? demande Robert.

Mais, de nouveau, personne ne lui répond. J'ai l'impression d'être le seul à l'entendre. Je lui dis :

– Je crois que t'es devenu transparent. T'es sans doute pas dans la vraie vie.

Il rit. Heureusement qu'il rit ! Car les visages de mes parents sont dramatiques et beaucoup trop sérieux. Je dis :

– Allez, c'est bon, je ne suis pas mort !

Et, comme personne ne me répond, je me dis que j'ai dû devenir transparent, moi aussi. La fausse vie nous réserve décidément autant de surprises que la vraie et je me demande en fait ce qui les différencie.

## 9
## *Réussir un gâteau dans un moule à manqué*

Sans mes pouvoirs, tout se complique et tout m'amuse désormais : il faut travailler pour avoir de bonnes notes, prendre l'autobus pour aller à l'école, économiser son argent de poche pour acheter des bonbons et… ranger sa chambre. Ces nouveautés me plaisent énormément.

J'essaie de convaincre Robert de suivre le même chemin.

– Si tu devais faire marcher ta mémoire pour apprendre de nouveaux mots, alors tu pourrais vraiment te vanter d'être plus fort que ta maîtresse. Mais, pour l'instant, tu triches ! Tu n'es pas plus cultivé qu'elle, tu utilises juste la magie pour avoir l'air futé.

Il hausse les épaules :

– C'est déjà pas mal.

– Tu verras, quand tu auras 9 ans, tu ne diras plus ça ! La baguette magique, c'est comme le sirop de fraise, on finit par s'en lasser !

Mais, ce soir, Robert ne fêtera que ses 8 ans. Pour prouver à mon frère les joies du sans-baguette, je lui promets un gâteau d'anniversaire. Un vrai gâteau fait maison. Il remarque :

– Si c'est un fondant au chocolat comme ceux que fait la mère de mon copain Gildas, c'est pas la peine ! On dirait des bouses de vache et ils n'ont pas bon goût. Parfois, les humains ratent leurs gâteaux, tu sais. Quand on n'est plus sorcier, tout devient risqué !

Je hausse les épaules et je sors tout seul

pour acheter du beurre, des œufs, de la farine, de la levure et du chocolat. Mes parents ne font jamais de commissions, jamais de provisions. Ils prennent juste le pain chez le boulanger du coin… pour ressembler à nos voisins car nous ne devons pas avoir l'air différents. C'est important. Ils se servent cependant systématiquement de la sorcellerie pour faire apparaître les plats garnis de nos repas et des éclairs, des tartes et des babas. Nous ne mettons donc jamais les pieds dans l'épicerie d'à côté. Et pourtant, quel endroit merveilleux ! Quelles belles couleurs sur les étals de fruits, quelles bonnes odeurs près du coin charcuterie ! Aujourd'hui, je reste là très longtemps, j'erre entre les rayons. Cette nouvelle expérience me ravit. Mais l'épicier finit par me demander :

– Dis donc, petit, pourquoi traînes-tu comme ça dans ma boutique ?

– Parce qu'elle est jolie et qu'elle sent bon !

– Tu te fous de moi ?

Il fronce les sourcils. Sa voix devient plus grave.

– J'espère que tu n'es pas là pour chaparder. Parce que, moi, les chapardeurs, je les confie aux policiers!

D'évidence, l'épicier n'est pas un rêveur. Les épiciers ne rêvent peut-être jamais.

Je paie vite, je rentre vite. Je retrouve notre cuisine. Je vais faire un gâteau marbré. J'ai pris la recette sur Internet, sur un site rose et fleuri destiné aux fillettes. Je ne pouvais pas faire autrement. Chez les humains, la cuisine semble étrangement réservée aux femmes.

Je commence à mélanger le beurre ramolli, le chocolat fondu, les jaunes d'œufs… les jaunes d'œufs!!! Je rencontre quelques problèmes pour suivre la recette, car il est écrit: «Séparer les jaunes des blancs.»

– Maman! Viens voir! Dans l'œuf, il y a bien le jaune mais je ne vois pas de blanc!

Ma mère examine la matière gluante qui enveloppe le jaune. Elle n'a jamais cassé un œuf de sa vie. Elle ne connaît que les œufs sur le plat, les œufs brouillés et les omelettes : ce qu'elle sait mettre dans nos assiettes d'un coup de baguette. Elle fait la moue devant mon œuf étalé dans un saladier. Sa curiosité m'amuse.

Elle le sent et décide d'en casser un autre « pour voir s'il est pareil ». Puis, en grimaçant, elle enfonce les doigts dans la partie visqueuse et transparente.

– Beurk ! Ces œufs doivent être périmés ! Tu t'es fait entourlouper par l'épicier !

Je retourne à la boutique pour me plaindre. Je crains le vendeur, qui me regarde encore d'un sale œil. Mais je n'ai pas le choix. Quand on n'est plus sorcier, on doit tout affronter. C'est passionnant de tout affronter. Je deviens le héros de mes journées.

– Te revoilà ! Que veux-tu maintenant ? Admirer mes légumes ?

– Vos œufs sont passés. Ils ont du jaune mais plus de blanc ! Dedans, c'est transparent et gluant.

– Tu te fous encore de moi ?

– Non, monsieur, mais je voudrais une autre boîte d'œufs, s'il vous plaît.

– Mais où as-tu grandi ? Sur la Lune ? Le blanc des œufs ne devient blanc que lorsqu'il est cuit !

Je réponds fièrement :

– Il n'est jamais trop tard pour apprendre.

Et j'entends les clients rire aux éclats derrière moi. Je reviens chez nous, un peu vexé.

Ma mère me dit que cette histoire ne me serait pas arrivée si j'étais resté sorcier. Je réfléchis un instant et je lance :

– Je ne regrette rien !

En effet, sans la sorcellerie, le monde m'intéresse, désormais. Je vais de découverte en découverte.

Par exemple, les ingrédients de mon gâteau se transforment d'une façon étonnante : le chocolat en barres a fondu comme une rivière brune et le blanc des œufs monte en neige quand je le fouette.

Le petit Robert, qui me regarde faire, n'en revient pas :

– T'es encore magicien ou quoi ?

Au moment d'ajouter les deux cents grammes de sucre, je réalise que nous n'avons pas de verre gradué. Évidemment, mes parents ne s'encombrent pas de ces gadgets. Ils préfèrent leur baguette. Je file chez la voisine. Je lui fais croire que j'ai cassé le verre et que l'on ne retrouve plus notre moule rectangulaire.

– Je te prête le verre mais je n'ai qu'un moule à manqué à te proposer, me répond la voisine.

– À manquer quoi ?

Elle éclate de rire. Je fais rire trop de monde aujourd'hui. Pourtant, je ne dis rien de drôle.

Le soir, lorsque j'ai terminé mon gâteau marbré, toute la famille se régale et me félicite.

– Bravo ! Au moins, tu n'as pas fait une bouse ! s'exclame Robert.

– Mais, franchement, tu perds un temps fou sans tes pouvoirs ! ajoute Papa, qui est encore un peu fâché.

Alors j'explique que je suis heureux comme ça. Je raconte les couleurs et les parfums de l'épicerie et les œufs quand ils montent en neige, comme par magie…

Robert confirme :

– Oui ! C'est génial de faire un gâteau pour de vrai ! C'est drôle de ne plus être sorcier ! On est obligé d'essayer plein de choses nouvelles !

Ma mère s'énerve :

– Ah, Robert, tu ne vas pas t'y mettre toi aussi ! J'ai assez d'un rebelle, ici !

## 10
## *L'impossible sauvetage*

Sans sortilèges, la vie est délicieuse. Je savoure chaque effort. Porter les huit kilos de mon cartable, cirer mes chaussures, me concentrer sur mes leçons, économiser mon argent de poche pour m'acheter des jeux vidéo… J'ai tellement de choses à faire désormais que je ne vois plus les heures passer. Mes journées sont bien remplies. Sans la magie, tout prend du temps. C'est amusant !

Pourtant, quelques jours plus tard, à la sortie de l'école, tout se complique et rien ne m'amuse plus. Leslie, Leslie la plus jolie, Leslie, à qui je n'ose jamais rien dire parce qu'elle me fait rougir, Leslie se fait renverser par une voiture, là, juste devant moi.

Immédiatement, je récite la formule qui la sauvera :

– *Roi du temps, roi du vent,*
*En arrière, en arrière,*
*Soufflez sur ce qui vient de se faire.*
*À l'envers, à l'envers,*
*Annulez cet accident.*

Mais voilà ! Rien ne se passe ! Ma sorcellerie ne fonctionne vraiment plus ! Je suis devenu un enfant normal. Rien de plus, rien de moins ! Je dois m'y faire, je suis un simple humain.

Leslie est étendue sur le passage clouté. Elle a l'air un peu morte mais pas vraiment. Elle me fixe sans me voir. Elle n'arrive plus à bouger. Des tas de curieux s'entassent autour d'elle. Des gens qui ne la connaissent pas et qui ne font rien sinon la regarder comme si elle était devenue un tableau dans un musée. Heureusement, une dame un peu plus intelligente que tous ces badauds s'est occupée de prévenir les secours. Elle tient la main de Leslie jusqu'à ce qu'un gros « pimpon » retentisse au coin de la rue. Leslie disparaît finalement dans l'ambulance. La foule se dissipe aussitôt. Je reste seul sur le trottoir, tout vide, tout bizarre. Triste. Hier encore, je l'aurais sauvée… Hier encore, j'étais sorcier.

– Oh ! Toi, tu n'es pas dans ton assiette ! remarque Maman dès que j'arrive à la maison. Allez, allez, pas de sornettes, dis-moi donc ce qui t'inquiète !

– Une voiture a renversé Leslie et je n'ai rien pu faire.

– Eh bien, voilà, mon vilain ! Il ne fallait pas abandonner tes pouvoirs. Ce n'est vraiment pas malin !

Je pleure. Je supplie Maman de m'aider à retrouver mes qualités de sorcier. Mais elle dit :

– Tout n'est pas si facile !

Mon père intervient à son tour. Pourquoi faut-il que sa librairie soit fermée aujourd'hui ? J'aurais préféré ne pas avoir affaire à lui. Depuis mon changement d'état, il ne cesse de grogner contre moi. Il est assis dans le fauteuil du salon et tourne les pages de son journal en répétant :

– Tout n'est pas si facile, tout n'est pas si facile, c'est bien vrai. Il ne faut pas se fier aux apparences et encore moins à ce qu'on ne voit pas.

Cette fois-ci, c'est mon père que je ne comprends pas. Mais, comme dirait Robert : *quand on ne comprend pas son père, on ne comprend pas son père. Il n'y a rien d'autre à faire.*

Alors je ne fais rien. Je sanglote juste :

– Pauvre Leslie ! Pauvre Leslie !

– Pourquoi te mets-tu dans cet état ? Triple pustule de crapaud baveux, on dirait bien que tu es amoureux ! s'écrie Maman.

Mon frère, la mine réjouie, profite de ma faiblesse pour se défouler :

– Bouh, le naze ! Il peut même plus sauver les filles ! Maintenant qu'il est comme un humain, il ne sert plus à rien !

– Robert ! se révolte Maman. Comment peux-tu exprimer des pensées si méchantes ?

– En parlant !

Mon père pouffe de rire dans son coin. Ma mère nous tourne le dos pour cacher son visage. Je suis certain qu'elle rit aussi.

Ils sont vraiment sans pitié. Je suis tout démoli, anéanti. J'ai fait une grosse erreur et personne chez moi n'est sensible à mon malheur.

## 11
## *« Il faut être deux pour toucher les cieux »*

Les heures d'école sans Leslie n'ont aucun intérêt. La maîtresse nous a dit que les jours de notre amie n'étaient pas en danger et qu'elle allait vite revenir.

– Vite comment ? ai-je demandé.

Tous les enfants ont ri et chuchoté :

– Il aime Leslie… Il aime Leslie… ça se voit.

La maîtresse a dit qu'elle n'en savait pas plus et que *vite* signifiait *bientôt*.

Alors j'ai insisté :

– Oui, mais bientôt comment ?

Et tout le monde s'est mis à rire de nouveau.

Ce matin, je regarde le tableau. Je fais semblant d'être attentif. Je copie mes leçons sans comprendre ce que j'écris. Et puis la maîtresse nous demande de prendre une feuille quadrillée.

– Contrôle de géométrie ! annonce-t-elle.

Elle vient vers moi et me glisse à l'oreille :

– Je te rappelle que tu m'as promis d'avoir 20 et même plus…

Je lis l'énoncé et tout s'embrouille. Les segments, les demi-droites, les triangles isocèles, rectangles, équilatéraux, les parenthèses et les crochets… je ne sais plus rien. J'ai pourtant appris ma leçon hier soir. Blop ne m'a été d'aucun secours. Blop ne me sert plus à rien désormais. Quant à Virgile, il vient souvent vers moi sans que je l'appelle. On dirait un chien qui attend sa promenade. C'est un peu triste. Je lui ai expliqué que je ne pouvais plus voler. Alors il a réalisé ma détresse et s'est mis en position de décollage. Il voulait m'emmener faire un tour. Mais nous n'avons pas décollé. Mon père m'a expliqué que les balais magiques ne peuvent voler qu'en compagnie d'un sorcier. C'est l'association des pouvoirs qui permet l'envol.

– C'est comme si un sorcier essayait de s'envoler sur un balai normal. Cela ne fonctionnerait pas, tu comprends ? Dans le *Grimoire Casablanquette,* on peut lire le proverbe suivant : « Il faut être deux pour toucher les cieux. » Il faut donc un sorcier et un balai de sorcier pour pouvoir voler.

Je n'ai rien dit à Papa pour ne pas le fâcher une nouvelle fois. Cependant, à mon avis, mes ancêtres ne parlaient pas de balai mais d'amour. Je ne sais pas ce qui m'arrive, je vois de l'amour partout. C'est sans doute mon problème en ce moment : je ne m'intéresse plus qu'à l'amour. La géométrie, je la lis, je la relis mais rien ne reste dans ma tête. Pour ce contrôle, sans Blop, je suis perdu car je n'ai rien retenu. La maîtresse va être déçue.

Après la récréation, elle rend les devoirs.

– Amazir, décidément, tu me surprendras toujours !

Les enfants pensent que j'ai tenu mes engagements.

– Il a eu 20 et même plus ! chuchotent-ils.

– Non, il n'a pas eu 20 ! s'exclame la maîtresse. Laissez-moi plutôt vous lire son devoir :

*Je ne sais plus rien parce que j'ai perdu mes pouvoirs.*

*En plus, je crois que je suis amoureux.*

*Pardon, maîtresse.*

*Amazir*

Tout le monde éclate de rire. Les commentaires fusent :

– Eh ! la Blanquette, t'as perdu tes pouvoirs. Tu te prenais pour Superman ou quoi ?

– Madame, pourquoi vous ne lui mettez pas zéro ? demande une fille que je déteste.

– Parce que ça ne servirait à rien. Les zéros ne servent à rien. Les zéros ne donnent jamais envie de travailler. Et moi, ce que j'aimerais, c'est qu'Amazir travaille.

– Mais c'est pas juste, il mérite une mauvaise note, il n'a rien fait sur sa copie !

– Je crois qu'il ne pouvait malheureusement rien faire, dit la maîtresse en levant les yeux au ciel.

Je ne sais jamais si elle est complètement gentille. Depuis quelque temps, j'ai souvent du mal à comprendre les adultes.

– Alors, Amazir, ajoute-t-elle, tu vas t'arranger pour retrouver tes pouvoirs. Je ne sais pas, prends de la vitamine C... couche-toi plus tôt... fais du sport ! J'attends ton devoir avant la semaine prochaine sur mon bureau et je n'accepterai pas d'excuse cette fois.

– Vous lui mettrez un zéro s'il ne fait rien ? demande la peste.

C'est fou ce que certains élèves dépensent comme énergie à essayer d'enfoncer les autres.

– Je ferai ce que bon me semblera, répond la maîtresse très sèchement. C'est compris, Amazir ?

Je hoche la tête. Je n'ai pas le choix. Je regrette tant ma vie d'avant.

## 12
## *Ses bleus et mes rougeurs*

Trois jours plus tard, Leslie revient. Elle boite. Elle a des bleus un peu partout, un gros bandage autour du genou. Elle sourit comme une star. Je fixe ses yeux gentils, sa petite bouche rigolote, ses cheveux dorés : même tout abîmée, elle est belle comme une fée !

Elle avance vers moi. Je rougis. Elle s'approche tout près de mon oreille. Je sens son souffle tiède et son parfum de fleurs. Je rougis plus fort et mon cœur palpite. Enfin, elle récite tout bas :

– *Roi du temps, roi du vent,*
*En arrière, en arrière,*
*Soufflez sur ce qui vient de se faire…*

Tu vois, j'ai tout entendu l'autre jour ! Amazir, tu es un vrai poète ! Un magicien des mots !

Je bafouille :

– Heu, non, moi, je ne connais rien aux mots. Chez nous, c'est mon frère, le petit Robert, qui se prend pour un dictionnaire…

– Moi, je me prends pour un livre de recettes, dit-elle en souriant. Je sais faire n'importe quel gâteau. Et toi, pour quoi te prends-tu alors ?

Je réfléchis longtemps. Enfin, j'essaie de réfléchir mais ça ne marche pas. Je me sens trop amoureux pour penser. Je regarde Leslie. J'admire Leslie. J'ai les joues tellement rouges et chaudes que l'on pourrait faire griller des tartines dessus. J'hésite, je bafouille et je dis :

– Je… je… je me prends pour un grille-pain.

Leslie marque un temps d'arrêt. On dirait que je viens de parler une autre langue, qu'elle est en face d'un Martien. Finalement, elle éclate de rire.

– Ah ! Ah ! Ah ! Tu vois, j'avais raison ! Tu es un vrai poète ! Les gens qui se prennent pour des grille-pain sont forcément des poètes.

– En fait, avant, j'étais encore mieux que ça, avant…

– C'est impossible ! Mieux que poète, ça n'existe pas !

J'hésite à terminer ma phrase. J'ai peur qu'elle ne me croie pas. J'ai parlé de mes pouvoirs à la maîtresse mais je n'ai jamais avoué mon secret à personne.

– Avant, j'étais sorcier, dis-je sans lever les yeux.

– Prouve-le ! répond-elle d'un air coquin. Vas-y ! Fais voler ta chaise !

– Je ne peux plus te le prouver puisque j'ai renoncé à mes pouvoirs. C'est ce que je tente de t'expliquer : je ne suis plus sorcier !

– Plus sorcier du tout ? demande-t-elle, l'air inquiet.

Je soupire en regrettant :

– Plus du tout, du tout…

Elle rit encore. Elle me serre la main très fort et me confie :

– Eh bien, tant mieux ! Tu sais, les sorciers me font vraiment très peur mais j'adore les poètes qui ont vingt-trois taches de rousseur… et ton air de rêveur.

## 13
## *Les cachets verts de Justin Saure*

Ce soir, Maman s'étonne de ma bonne humeur. Mais je ne lui raconte rien. Au dessert, avec un drôle d'air, elle me tend une boîte de cachets verts.

– Tu en prendras un chaque soir, afin de retrouver tes pouvoirs. J'ai demandé au docteur Justin Saure de concocter ce mélange-là rien que pour toi.

– Mais j'ai réfléchi, je ne veux plus être sorcier !

– Allons, allons, tu ne manques pas d'air ! Hier encore, tu nous réclamais le contraire.

Tu ne veux donc plus sauver ta copine ? demande mon père.

Je dis juste :

– Non, non.

Et je redeviens un garçon grille-pain, comme ce matin.

Maman regarde Papa en haussant les sourcils. Papa lui répond d'un clin d'œil et me dit :

– Fais ce qu'il te plaît, mais je sais que, d'ici samedi, tu auras changé d'avis ! Les sorciers sont tous faits ainsi.

Juste pour me tenter, Robert transforme son yaourt nature en un énorme banana split recouvert de crème chantilly. Il ajoute :

– Hhhmmm ! Tu ne sais pas ce que tu rates !

Je lui tire la langue et je quitte la table.

Ma famille me déçoit trop aujourd'hui.

Je commence mon devoir de géométrie et, même sans Blop, je réussis. Je me sens mieux grâce à Leslie.

# *14*
## *Didibul, funambule*

Le lendemain, j'arrive très tôt à l'école. Leslie m'attend déjà devant la grille.

– J'ai bien réfléchi toute la nuit et je t'ai préparé ceci !

Elle sort une baguette magique de son sac. Une baguette rose et dorée recouverte de paillettes, une baguette qui s'allume quand on l'agite, un véritable jouet de supermarché ! J'éclate de rire mais elle tend alors son joujou ridicule devant elle en disant :

– *Didibul, funambule, faites qu'avant le crépuscule, Amazir redevienne ce qu'il a toujours été : un poète-sorcier.*

À cet instant, je sens des plumes me chatouiller, j'ai envie d'éternuer, je me mets à tourner sans le vouloir, un courant d'air chaud me traverse, j'ai l'impression que l'on me berce. Leslie m'a pris dans ses bras. Elle me dit tout bas :

– Tu es mon sorcier bien-aimé et moi, je suis ta fée.

Et puis la sonnerie retentit, je prends ma place en classe. Leslie, comme toujours, me sourit.

Je crois que je viens de rêver mais, à la nuit tombée, je tente à tout hasard de ranger ma chambre en claquant des doigts. Slic ! Et surprise ! Ah ! Je suis tout ému ! Mes pouvoirs sont revenus ! Maman pense que j'ai déjà avalé un cachet vert et qu'il a été très efficace. Mon père répète en hochant la tête :

– Avant samedi, je te l'avais dit ! Avant samedi, je te l'avais dit ! Ah ! Fiston, j'ai toujours raison.

Pendant le dîner, Maman me questionne :

– Et comment va ton amie Leslie ? A-t-elle bien récupéré ? N'est-elle plus blessée ?

– Leslie ne craint pas grand-chose, tu sais. En fait, Leslie est une fée. Elle sait se protéger elle-même.

Alors ma mère regarde mon père en haussant les sourcils et Papa lui répond encore une fois d'un clin d'œil. Ils ont l'air un peu bêtes, ce soir, mais je les aime quand même. Au bout de la table, Robert marmonne en souriant :

– Quand on ne comprend pas son fils, on ne comprend pas son fils…

## 15
## *Les secrets magiques*

« Tu es mon sorcier bien-aimé ! Tu es mon sorcier bien-aimé ! »

Cette phrase tourne dans ma tête comme une obsession. Je suis heureux d'être sorcier, heureux d'être aimé par une fée.

Je ne m'ennuie plus depuis que Leslie et moi échangeons des secrets magiques. Comme elle m'a fait lire *Le Livre précieux des fées,* dans lequel j'ai appris comment utiliser l'essence des rêves, l'air du temps, les filaments de nuages et les gouttes de rosée, je voudrais bien lui montrer le *Grimoire Casablanquette.*

J'invite donc Leslie un jeudi. Madame Ouatelse se fait ses cafés. Elle semble déjà bien énervée. Elle tremblote.

Nous montons dans la chambre de mes parents sur la pointe des pieds. Robert nous suit. Je lui ordonne de se planter devant la porte et de nous prévenir en cas de danger. Il a l'air content de participer à cette aventure. Il se sent plus grand que d'habitude.

Je me penche et j'allonge le bras sous le lit mais je ne sens rien que les poils épais de la moquette.

Je m'exclame :

– Le coffre a disparu !

Leslie se penche à son tour et trouve une enveloppe qu'elle me tend :

*Inutile de chercher le grimoire, nous l'avons caché ailleurs. Si tu veux le consulter, fais-nous signe !*

*Papa et Maman*

– Tu es certain que tu ne me fais pas une farce, Amazir ? N'importe qui peut mettre un mot comme celui-ci sous le lit de ses parents. Tu es sûr que tu es sorcier et que tu ne me fais pas marcher ?

Comment peut-elle douter de moi ? Grâce à Blop, je ferai apparaître ce qu'elle me demandera et, comme ça, elle comprendra. L'air énervé, je réponds :

– Tu en veux, tu en auras, des abracadabras !

– Je te faisais marcher ! Je m'en fiche un peu, de ton grimoire de Blanquette, tu sais. Tout ce qui m'intéresse, c'est d'être avec toi. Tu es gentil, intelligent, amusant et poète, et, même si tu n'étais pas sorcier, tu aurais toutes ces qualités !

– Vous avez fini de vous lancer des fleurs, s'énerve le petit Robert, qui passe la tête dans la chambre. J'ai entendu un drôle de bruit en bas !

Je nous rassure :

– C'est sûrement la machine à café !

– Non, non, quelque chose est tombé.

Nous descendons rapidement. Quelle catastrophe ! Madame Ouatelse est étendue par terre entre le lave-vaisselle et la table.

– J'ai dû boire trop de café. Mon cœur est en train de lâcher, dit-elle. Appelez le 18.

Robert se précipite sur le téléphone. Mais madame Ouatelse murmure :

– Je crois que c'est la fin, il est trop tard, les enfants… mon cœur s'arrête !

Et elle ferme les yeux. Elle ne respire plus.

Je panique quelques secondes. Leslie cherche fébrilement sa baguette au fond de son sac en répétant :

– Il faut la sauver ! Il faut la sauver !

Alors je dis :

– *Roi du temps, roi du vent,*
*En arrière, en arrière,*
*Soufflez sur ce qui vient de se faire.*
*À l'envers, à l'envers*
*Annulez cet accident !*

Robert n'a même pas eu le temps de joindre les pompiers. Nous sommes téléportés dans la chambre de mes parents au moment où Leslie a trouvé l'enveloppe. Nous avons remonté le temps.

Nous nous précipitons dans la cuisine.

Madame Ouatelse est assise sur une chaise, l'air ahuri. Sa tasse de café pleine est revenue sur le coin de la table comme si elle ne l'avait pas encore bue.

– Que m'est-il arrivé ? s'étonne notre baby-sitter. Je ne me sens pas très bien.

– Vous avez fait un petit malaise. Vous devriez boire moins de café ! conseille Leslie en vidant la tasse dans l'évier.

– Tu as raison, il ne manquerait plus que mon cœur lâche à cause de la caféine… Le médecin m'a déjà dit de faire attention. Ah ! mes pauvres enfants, j'ose à peine imaginer ce que vous feriez si je m'évanouissais ! Nous sommes si peu de chose !

Robert et Leslie me regardent en gloussant. L'instant est étrange, le temps s'accélère et se synchronise. Nous sommes étourdis mais ravis. Et puis, sans crier gare, la vie reprend son cours normal.

Je suis si fier d'avoir sauvé quelqu'un !

Je rêvais d'être plus fort, d'arrêter les guerres et les tsunamis, mais je réalise qu'il est déjà merveilleux de pouvoir changer de petites choses. Sauver une vie, c'est d'ailleurs bien plus qu'une petite chose.

Je n'aimais pas mes origines, je me trouvais trop différent, je m'ennuyais trop souvent, mais soudain tout a changé parce qu'une fée m'a regardé.

Et vous, les incrédules, arrêtez de douter ! Je viens de le vérifier, une fée peut vraiment tout changer… même la vie d'un jeune sorcier !